行吟集

张和平 著

中国书店

图书在版编目（CIP）数据

行吟集 / 张和平著. —北京 ：中国书店，2024.8.
— ISBN 978-7-5149-3610-0

Ⅰ．I217.2

中国国家版本馆CIP数据核字第2024AF5311号

行吟集

张和平 著

责任编辑：孔玲玲

出版发行：中国书店
地址：北京市西城区琉璃厂东街115号
邮编：100050
印刷：北京鑫益晖印刷有限公司
开本：880 mm×1230 mm 1/32
版次：2024年8月第1版第1次印刷
印张：6
字数：114千
书号：ISBN978-7-5149-3610-0
定价：58.00元

前　言

　　诗词是中华文化的瑰宝。诗词以其特有的凝练、隽永、含蓄、韵律之美，成为中华文学艺术皇冠上的明珠。我以为，诗词或许就是中华语言文学的最高表达形式吧！以前没有更高，以后还会有吗？中华诗词的风格各异，或含蓄或豪放，或自然或雄奇，或绮丽或沉郁，或理想或现实，琳琅满目，五彩缤纷，美不胜收。因此，诗词一直是我所酷爱的。

　　诗言志，诗寄情。近四十年来，每见美景奇观、风物古迹，每逢重大事件、重要节点，每当心中有所感悟或是有点"波澜"的时候，我都想以诗词的形式来记录来表达。怎奈才疏学浅，思钝笔拙，往往难以达意，偶有所得，我都十分珍视，将之记于本中。到了现工作岗位后，稍有闲暇，我从百余本笔记中将这近百篇诗词"淘出"，再加上一些近作，大体按时序辑录成集，并名之为《行吟集》。集中以传统诗词为主，也收录了几篇现代诗，权当给自己留点纪念吧。

　　现在看来，这些诗词略显拙劣，有些也不完全合乎诗词的格律，但却是我几十年来人生旅程和心路历程的真实记

录，或许还能为后人了解我们这一代人的价值追求、精神气质和所处时代的人文风貌、社会风尚留下一点素材。因本人古典诗词的造诣不深，为了不失其原真性，不"以词害意"，除个别字句外，未做大的改动，还是原汁原味地请方家批评指正吧。这些"顽石""丑石"，或许会被方家批得体无完肤，但我还是厚着脸皮把她当作玉石珍藏，舍不得琢掉一点边皮。这毕竟是我几十年心血凝成的一点霜华呀！

张和平

二〇二四年四月

于洪城翡翠山庄荷竹斋

嵌入生命的诗行

——张和平先生《行吟集》序

朱 虹

和平先生是吉安市永丰县人，与北宋文坛领袖欧阳修先生同乡，从小就能吟诵"庭院深深深几许""月上柳梢头，人约黄昏后"，在心里埋下了诗的种子。

我与和平先生第一次相见时，他是江西一个大市的市长，当地干部和群众评价他心胸宽广，大刀阔斧，屡出奇招，治理成效明显，诚如古语所称"治世能吏"。二〇二二年，他被省委、省政府评为"三牛"干部，二〇二三年又因连续三年获评"优秀公务员"而被记为三等功。就我所见，在领导干部中，很少有人能获得到这样的殊荣。

在和平先生转岗人大前夕，我们有过一次长谈，谈他四十年的从政之道，有得意时的兴奋，有失意时的无奈，跌宕起伏，悲欣交集。古人云："诗言志"。这本诗集就是他从政路上一步步的印记和心灵轨迹的艺术表达，会给读者们有益的启迪。

　　和平先生大学毕业后，主动选择回到基层，从基础岗位做起，心中有志，步步踏实。此后，他长期担任地方党政主官和省直机关要职，事繁任重，素有口碑。难能可贵的是，在繁忙的工作之余，和平先生静守心田的一方净土，悄悄播撒着诗的种子，四十年如一日，培土施肥，深耕细作。如今诗田开出了诗花，结出了诗果，让人观之欣慰，品之感佩！

　　和平先生赋诗，不做无病呻吟，充满真情实感。每首诗都有故事，都有画面，都有感慨，都有情怀。不论是《别校园》的立志、《赣江晚眺》的思考，还是《告别杜溪》的留恋、《庐陵怀古》的豪迈，都给人情真意切的深刻感染。

　　和平先生赋诗，不屑涂脂抹粉，宛如清水芙蓉。和平先生为人本色，真实自然。其诗如其人，没有斧凿痕迹，一派天然气韵。《问萍》中的茫然，不加掩饰；《庐山感怀》中的苍凉，透纸而来；《谒炎陵》直抒胸臆，《即兴答友》潇洒自如，都让人如闻其声，如入其心，亲切可感。

　　和平先生赋诗，不是闲情逸致，而是生命的律动。正如他自己所言，其诗是他"几十年来人生旅程和心路历程的真实记录"，是一代人的"价值追求、精神气质"的真实反映。"誓将忠骨葬青山""常向苍天祈太平""朝来书声破晓雾""无论寒暑头尤昂"，这样的诗句振聋发聩，掷地有声。这不是吟弄风月的闲情，也不是寄情山水的逸致，而是嵌入生命的步履、烙入灵魂的音符。

4

在和平先生的近作里，有首《捣练子·月夜抒怀》：

少年心，壮士怀，霜华满鬓志未衰。

仰望长天一片月，万重思绪漫楼台。

"老骥伏枥，志在千里"的雄心壮志跃然纸上，令人钦佩。

与和平先生在工作中相识相知，在诗文中相融相契，所感所欣，乃有上列文字，权且为序。

（作者朱虹系南昌大学教授、博士生导师，

江西省委原常委、省政府原副省长）

行吟集

周其凤 书

周其凤，北京大学原校长，中国科学院院士，著名化学家、教育家。

刘庆霖，中华诗词学会副会长、《中华诗词》杂志社社长。李良东，中国书法家协会专业委员会委员。

莫谓人间路万重一
壶浊酒笑临风手提灯
月八天下怀抱诗
灯挂夜空

与张和平先生共勉
刘庆霖诗 李良东书

贺张和平先生行吟集付梓

不损边皮玉有瑕　田园山水

醉翁亭字实好句　何须贾直

取平生真性情

张存寿先生诗

莘乡李汝启书

张存寿，中华诗词学会副会长。李汝启，中华诗词学会理事。

胡迎建，中华诗词学会顾问、原副会长，江西诗词学会原会长，享受国务院政府特殊津贴。

敬贺张和平君行吟集出版　甲辰胡迎建书

读君文字见君心一卷 行吟
阅古今东坡怀抱屈子骨始
信人间有至情

前张和平先生 行吟集 临川吴德恒

吴德恒，临川籍诗人、书法家。

作者简介

　　张和平，一九六四年十一月生，江西永丰人，中国科学院研究生院理学博士，中国科学院广州地球化学研究所客座研究员、兼职博士生导师，江西农业大学兼职教授、博士生导师。曾任江西省宁冈县（今属井冈山市）县长，吉安县县长、县委书记，吉安市市委常委、吉安县县委书记，萍乡市常务副市长，抚州市市长，江西省地方税务局局长，江西省发展改革委主任。现任江西省人大财经委主任委员。曾在《学习时报》《理论前沿》等报刊发表文章数十篇，主编《打造全面绿色转型发展的先行之地、示范之地》《江西生态文明实践》《江西省生态文明改革示范经验》等著作十余部。

目 录

4

别校园

泛舟学海十三载，

泪友辞师入世寰。

为护神州春永在，

誓将忠骨葬青山。

一九八四年七月
大学毕业前夕于江西农大

【笺记】

从江西农大林学系毕业时，我有留校、部队选干、省委组织部选调等多种去向，但最终选择了回永丰老家成为一名基层林业工作者。

龙冈革命烈士纪念碑晚眺①

幽幽曲径绕林间，

塔宇巍巍插岭端。

纵目余晖天际远，

晚岚浮起万重山。

一九八六年五月
于永丰龙冈烈士纪念碑下

【笺记】

　　一九八六年，我作为永丰县县委工作组成员在龙冈乡挂点。

2　　① 龙冈：江西永丰县龙冈乡，现为龙冈畲族乡，是国内革命战争时期第一次反"围剿"的主要发生地。红军在此地活擒了国民党师长张辉瓒。毛泽东主席写下了名作《渔家傲·反第一次大"围剿"》。

龙冈桥上观涛

飞瀑如白锦，

涛声似雷鸣。

江边谁仁立？

道是打渔翁。

一九八六年六月二日

于永丰龙冈桥上

龙冈晚景

山峦淡淡缀遥空，

江水潾潾送爽风。

六月不闻蝉唱晚，

几声鸟语翠林中。

一九八六年六月三日

雨后晚晴于龙冈桥上

游大观园后感①

潇湘馆外草纷纷②，

水榭亭台月影粼。

昔日葬花人何去？

百年怨唱恍犹闻。

一九八六年十一月

于上海东风木材厂学习期间

---

① 大观园：国内大观园有多处，此处位于江苏昆山淀山湖畔。
② 潇湘：潇湘馆，为林黛玉寄居荣国府的住处。

恩江感怀①

日色煌煌山影叠②，

楼台独守望江流。

人生自古情何苦，

多少相思多少愁！

一九八七年一月三十一日
于永丰县纤维板厂

---

① 恩江：为永丰县主要河流。发源于永丰县中村乡，流经乐安县招携镇后，复流回永丰穿县城而过，至吉水县汇其他河流后称乌江，之后汇入赣江。

② 山影叠：自恩江边可以远眺白岿岭（当地多称"白岵岭"）。白岿岭位于永丰县城恩江镇以西三十余里，与吉水县交界处。晴日，山的轮廓依稀可见。这是我小的时候望着太阳落下的地方。

赣江晚眺

沉沉暮霭漫庐陵^①，

滚滚清江难荡尘。

江右古来多俊杰^②，

今朝何故少传人？

一九八八年三月十九日

于江西吉安赣江边

---

① 庐陵：吉安古称。
② 江右：江西古称。

赣州采风

郁孤遥对八境台①，

望尽长安今未衰②。

章贡合流由北去③，

通天岩下几徘徊④。

一九八八年三月二十一日

于江西赣州

---

① "郁孤"句：赣州市内有郁孤台和八境台。
② 望尽长安：见辛弃疾《菩萨蛮·书江西造口壁》。
③ 章贡合流：章水和贡水为赣江的两条主要支流，合流后称赣江。
④ 通天岩：赣州城外一处古迹。

鼓浪屿

绿榕红瓦浪拥亭，

风抚碧波琴自鸣①。

阵阵号笛逐鹭影，

游人梦醉不思行。

一九八八年十月二十四日

于厦门鼓浪屿

① 琴自鸣：鼓浪屿有琴岛之称。

望乡

山峦如黛夜临近，

飘渺岚烟绕舍行。

皆道信州多富庶①，

万家灯火几家明？

一九八九年七月八日
于南昌至南京途经上饶火车上

---

① 信州：上饶古称信州。此诗作于三十余年前，今天的上饶，今非昔比，蒸蒸日上。

溪口夜感①

峻岭巍巍雪窦遥②，

剡溪漫淌空寂寥③。

明月依然当空照，

华夏一朝复一朝。

一九八九年七月十八日夜
于浙江奉化溪口镇

---

① 溪口：位于浙江省宁波市奉化区，为蒋介石故里。
② 雪窦：位于奉化境内的雪窦山。
③ 剡溪：环溪口镇的小河。

别京城

回首望京都，

晚烟意自悠。

车驰风唤唤，

前路是何州？

一九九〇年六月十九日
于列车上

【笺记】

　　于北京返南昌列车上，行经许昌至徐州，若有所思，作诗记之。

赠刘国屏先生

恩师无意故乡逢，

闻语犹疑在梦中。

高节不辞长途苦，

博才卓识泽永丰。

一九九〇年九月十八日

【笺记】

从永丰县纤维板厂下班骑车回老家，途经县农科所试验地，听到人声，酷似一位上大学时授课老师的声音，循声望去，果然是刘国屏教授。互认后都兴奋不已，请刘先生小酌，互相谈起几年来的工作和生活，感慨万分。离别时，特以小诗相赠，后刘先生亦以诗回赠。

刘先生勤奋博学，诲人不倦，主授植物生理学，是当时讲课最好的几位老师之一。刘先生对学生十分关心，在假期

13

还辅导我们专业英语，让我们受益匪浅。刘先生英文很好，在"文革"下放劳动时，将《英汉大词典》拆开，一页一页逐目背诵，并注上日期，全部背完后，再重新装订起来。他将背过的大词典向我们展示，让我钦佩不已！

附：刘先生所赠诗

（一）

农大分别已六年，

欣喜相逢恩江边。

闻君展志薄板厂，

业绩远超流辈前。

（二）

欲向科学顶峰游，

行迹端为教学留。

竭尽绵薄育桃李，

更喜青出蓝上头。

林区即景

白雾茫茫绕涧行，

晓风阵阵送涛声。

青山满目人犹醉，

遍地花香催鸟鸣。

一九九○年十月二十五日
于永丰县鹿冈林场109林区

赠罗炳林同志①

春秋十八建奇功，

百万郁葱人动容②。

尘世烟云何所顾，

高风长在绿林中。

一九九〇年十月三十日

---

① 罗炳林：江西樟树市人。当时已任永丰县林业局长十八年，为永丰林业发展作出了重要贡献。永丰县林业局被评为全国林业先进单位，罗炳林同志被评为全国劳模。后任永丰县县长助理。

② 百万郁葱：当时永丰县人工造林累计超百万亩。

白云山偶作^①

晓来雾愈浓，

天晚山更深。

秋江欲览景，

须向水中寻。

一九九〇年十二月六日晚
于永丰潭头白云山林场

① 白云山：位于江西永丰县潭头乡，建有白云山林场。

万功山怀旧^①

村外溪边枯树头，

风霜染叶几多秋。

山前流水声依旧，

先烈英魂何处留？

一九九〇年十二月八日

于永丰龙冈

【笺记】

　　为纪念第一次反"围剿"胜利六十周年而作。

---

①　万功山：龙冈乡境内的一处山峰，为活捉张辉瓒之地。

登白云山眺望台

石径凌云五百阶，

欲登气喘翠沾衫。

蓦然及顶纵眸望，

地阔天高胸亦宽。

一九九〇年十二月二十五日

于永丰潭头白云山

杜溪感怀

春寒春暖由天意，

花落花开是故常。

人世沉浮谁做主，

杜溪过后又何方？

一九九一年三月二十七日
于永丰县君埠乡杜溪村

【笺记】

　　一九九一年，我作为永丰县县委社会主义路线教育工作组组长，驻点在永丰县君埠乡杜溪村。杜溪建有君埠林场的分场，亦是永丰县与兴国县交界处的木材检查站所在地。

重登长城

昔携眷侣跻长城，

今伴同仁再度临。

山色苍茫仍似旧，

人非物是又一春。

一九九一年四月五日清明节

于北京八达岭长城

井冈漫游二首

（一）

井冈滴翠无晴意，

雾绕云封八百里。

更有五龙雪练垂①，

碧潭漠漠白烟起。

---

① 五龙：井冈山有五龙潭。

（二）

葱茏千转临高顶①，

忽见云空欲放明。

十万群山齐屹立，

铮铮傲首向天擎。

一九九一年十月十六日秋夜
于井冈山

24

---

① 高顶：井冈山黄洋界。

告别杜溪

要离何必当初至，

身远心犹不肯移。

欲语无声泪先落，

梦魂从此牵杜溪。

一九九一年十月二十五日

【笺记】

　　结束近一年的杜溪驻点工作，就任永丰县瑶田乡（现为瑶田镇）党委副书记。

石钟山怀古二首^①

（一）

鬼斧神工矶峻奇，

雄横险隘镇彭蠡^②。

悬崖绝壁仍依然，

浅水无声空旖旎。

① 石钟山：位于江西湖口县境内，鄱阳湖入长江出口处。

② 彭蠡：鄱阳湖古称彭蠡泽。

（二）

苏子佳篇千古扬①，

英雄逐鹿亦留芳。

高飞雁阵传何意？

薄暮湖山两苍茫。

一九九二年二月九日
与大学同窗夏立中兄同游石钟山

① 苏子佳篇：苏东坡著有名篇《石钟山记》。

井冈消夏

石松云水各成景，

雾海翻涛天下奇。

酷夏暑炎浑不觉，

徜徉深樾忘归期。

一九九二年八月五日

于井冈山

乘车偶作

烈日当空似火烤，

焚风扫脸心中燥。

胄卿觥盏宴宾朋，

岂顾田畴麦枯槁。

一九九三年六月三日
于列车上

【笺记】

　　自京返赣途经河北、河南，但见沿途高温无雨，旱情严重，心焦如焚。

赠郭健生先生①

一纸雪梅竹，

十年磨砺功。

胸中有丘壑，

笔底发清风。

一九九三年十一月三十日
于国防大学井冈山驻京办驻地

① 郭健生：井冈山人，时任井冈山市驻京办主任。为人豁达，擅诗词
书画。

母校，我们回来了

我们回来了，

带着一身征尘；

我们回来了，

带着一脸沧桑；

我们回来了，

带着森林的气息；

我们回来了，

带着泥土的芬芳；

我们回来了，回来了，回来了……

让我们

忘掉忧愁，

忘掉烦恼，

忘掉人生的一切苦难。

尽情地唱吧，

尽情地跳吧，

尽情地拥抱吧！

这里是我们的港湾，

这里是我们的净土，

这里是我们的伊甸园。

明天，我们又要分别了。

再别依恋的母校，

再别尊敬的师长，

再别亲爱的同学。

走向大山，

走向原野，

走向颠簸的人生。

但愿我们能走过迷茫，

走向新生，

走向辉煌。

一九九三年十二月二十三日

为农大林学系一九八〇级同学毕业十周年而作

油菜花

经霜历雪绿徐生，

不与梨花争报春。

待到东风成浩荡，

山河万里一时新。

一九九四年三月十四日
于北京南纬路永丰县驻京办驻地

【笺记】

农历二月，季节虽已及春，但京城依然寒意未尽，暮霭沉沉。想起江南的家乡已是春意盎然，油菜花盛开了。特作小诗一首以寄乡愁。意犹未尽，再撰散文《呵，油菜花》以记之。

附：呵，油菜花

任你翻遍所有的花卉图谱，也很难找到这再平凡再普通不过的油菜花。又有哪一种奇花异卉如这盛开的油菜花般令人动情，那般荡人肺腑哟！

早春二月，当北国还是天寒地冻的时候，地处江南赣中平原的油菜花就已盛开了。一眼望不着边际的田野，就成了真正的花的海洋。千串万串的油菜花一齐绽放着，黄灿灿、水灵灵的，把整个大地、整个天空都映成了黄色。远处隐隐起伏的山峦，就如浮于花海上的岛屿，可望而不可即，成为这幅花海图的背景。

在一个南方春季难得的晴日里，漫步在花海中，那种心旷神怡的惬意感真是难以言表。暖融融的春阳漫泻在广阔的田野之上，一串串的油菜花在暖风中轻轻地摇曳着，散发着阵阵清香。勤劳的蜜蜂早早地出动了，在花丛中匆匆地穿行，在花海中尽情地遨游。微风中不时传来阵阵"嗡嗡"的蜂鸣声，就如美妙的催眠曲。顿时，一种春天里特有的暖暖的甜甜的倦慵感涌遍全身，令人酥软欲眠，流连忘返。

古人多有诗描绘"空山归来翠沾衣"的意境①，而穿行于齐胸的花海中，身上沾满黄澄澄的花粉，真个是"田野归来花沾衣"。

乘车穿行于田野上，向窗外望去，远处的山峦和花海仿佛同车一起在奔驰，而近处的花却向车后飞驰而去，于是整个花海便旋转起来了，奔腾起来了，飞舞起来了，令人兴奋，令人陶醉。

一些天后，油菜花渐渐地要谢了。首先是花串下部的花瓣徐徐地飘落，然后再渐渐地往上，到最后就剩花串顶部的几朵花瓣了，但远远地望去，却仍是一片花海，只是显得有些稀疏罢了。再过些日子，花串顶部的花瓣也都落了，只能见到地上一层黄黄的花瓣，而花梗就慢慢地膨大起来，变成一根根细细的荚，油菜籽则在荚中慢慢地孕育着。有道是"落红不是无情物，化作春泥更护花"，而这纷纷飘落的油菜花，化土成泥，同油菜梗一身的精华一起，凝成一颗颗乌金般的油菜籽，向辛勤劳作的人们，献上一份丰硕之礼。

呵，油菜花……

① 空山归来翠沾衣：唐王维诗"空翠湿人衣"，宋徐瑞诗"云归山翠沾衣湿"，明李时勉诗"空山湿翠沾衣上"。

天坛感怀①

古木森森拥宇亭，

沉沉暮霭传钟声。

难了人间无穷怨，

常向苍天祈太平②。

一九九四年五月六日

于北京

---

① 天坛：位于北京崇文门外的皇家园林，为皇帝祭天之地。
② 祈太平：天坛公园内建有祈年殿，为皇帝祭天祈天之所。

京东大峡谷^①

弯弯栈道俯深潭，

天堑横空起秋千。

莫道北国无胜景，

惊滩险谷赛江南。

一九九四年五月二十日

于京东大峡谷

① 京东大峡谷：位于北京市平谷区境内。

天坛即景

久在京城为异客，

闲心信步入神坛。

蝉鸣已静荒林苑，

荷谢无花空旧轩。

冷月凝霜摧碧草，

秋风落叶舞长天。

梅枝含蕊何惜放？

只待雪飞满燕山。

一九九四年九月二十日中秋节

于北京天坛

腊末寄情

寒月载星归，

红梅披雪来。

春风如有信，

次第万花开。

一九九五年一月十七日

于北京南纬路永丰驻京办驻地

白鹭洲抒怀①

碧波浩渺赣江秋，

烟雨朦胧白鹭洲。

昔日文公呵砚处②，

今朝我辈竞风流。

一九九五年九月二十八日
于吉安白鹭洲

---

① 白鹭洲：位于吉安市区的赣江之中。南宋吉州知州江万里创建白鹭洲
书院，并亲自讲学，延聘名儒欧阳守道为山长，使之成为江南的一座
著名书院，培养了一大批杰出人物，为吉安文化的发展发挥重要作
用。至今白鹭洲中学仍在洲上办学，文脉不断。
② 文公：南宋名将文天祥，吉安县富田乡人（今属青原区）。文天祥高中
状元前，就学于白鹭洲书院。

【笺记】

　　一九九五年九月二十八日，在白鹭洲中学参加吉安地区副县级干部公开选拔"一推双考"面试。通过此次选拔，我由永丰县人民政府驻北京联络处主任，被选为吉安地区行署驻北京联络处主任。

问萍

你是一叶浮萍，

我是一叶浮萍，

相逢

在永定河上。

月亮问取星星，

浮萍将向何方？

星星眨眨眼睛，

不知道，不知道……

星星问取杨柳，

浮萍将向何方？

杨柳摆摆细腰，

不知道，不知道……

同去问取浮萍，

尔将飘向何方？

浮萍摇摇头，

不知道，不知道。

随风随浪……

一九九六年五月二十三日夜

于北京广安门外永定河边

夜宿北戴河

半轮明月长天挂，

滩畔清晖似雪皑。

渔火几星沧海外，

涛声阵阵梦中来。

一九九六年八月二十三日夜

于北戴河总参招待所

中秋寄友

别梦依依十二载①，

幽思飘渺感伤怀。

多情只有中秋月，

犹为离人捎信来。

一九九六年九月二十七日

于北京广安门外吉安市驻京办驻地

① 十二载：大学毕业整十二年。

吉安赞

——和吴甲龙同志①

悠悠历史数千年，

今辈弘扬出大篇。

田野山川仍似旧，

古风新绩美名传。

一九九八年十月二十三日

于井冈山

---

① 吴甲龙：原吉安行署老领导。为推动原泰和机场开放民用，建设井冈山机场，我陪同空军首长赴机场考察后，登井冈山，与吴老偶遇。

附：吴甲龙同志原诗

史有吉安三千年，

英雄先烈有遗篇。

田中水牛耕依旧，

民俗纯朴古风传。

望江亭

望江亭上纵吟眸，

不见长江天际流。

台榭阁轩仍屹立，

谪仙一去往何游^①？

一九九八年十月二十五日

于庐山望江亭

---

① 谪仙：指诗仙李白。李白对庐山情有独钟，一生曾五次登庐山，留下了《望庐山瀑布》等千古绝唱数首。

秋山图

层林尽染色斑斓，

重九时光入锦川。

云淡天高牯岭远^①，

水澄湖静晚烟连。

山风起处涛声转，

深谷幽崖石径悬。

人倦影斜无去意，

欲随青鹭傍松眠。

一九九八年十月二十五日
于庐山

① 牯岭：庐山上建有牯岭镇。

庐山感怀

山岳如磐立半空，

似钩初月挂青松。

古今多少兴衰事？

尽掩庐山云雾中。

一九九八年十月二十五日夜
于庐山别墅

【笺记】

一九九八年十月二十五日，陪同客人上山，夜宿庐山别墅，所住别墅为一九五九年庐山会议时张闻天下榻之处。

同窗情二首

（一）

记得当年梅岭下，

同窗挚友共风华。

朝来书声破晓雾，

夕去踏歌送晚霞。

（二）

袁水河边重聚首①，

声声相问几多愁？

杯中斟满别离酒，

醉卧青山方始休。

一九九九年四月三十日

【笺记】

为农大林学系一九八〇级同学毕业十五周年聚会而作。

---

① 袁水：赣江主要支流之一，发源于武功山，经萍乡芦溪、宜春、新
余、樟树汇入赣江。

谒炎陵

　　先祖炎帝，始制耒耜，教民以耕；桑麻为衣，教民以织；遍尝百草，教民以药；治琴弄弦，教民以乐；削竹刿木，教民以猎；日中为市，教民贸易。尝断肠毒草而卒，葬于鹿原。历代皇室百姓，祭祀不断。是处，山峦逶迤，清溪环绕，实为佳境。

　　炎帝陵前，踌躇徘徊。溯古览今，感慨万千。聊作小诗一首，以寄情怀。

　　　　鹿原有幸伴元君，

　　　　汩汩洣溪昭世勋①。

　　　　吾辈当弘炎帝志，

　　　　鞠躬尽瘁为人民。

　　　　　　　　　　二〇〇〇年一月九日

　　　　　　　　　　于湖南炎陵

54

---

① 洣溪：为炎帝陵前环绕的小溪。

【笺记】

一九九九年底我就任宁冈县（今属井冈山市）县长。工作之余到毗邻的湖南炎陵县拜谒炎帝陵。宁冈县是位于赣湘边界的山区小县，为井冈山革命根据地的重要组成部分。毛泽东同志在《井冈山的斗争》一文中提到，创建以宁冈为中心的井冈山农村革命根据地。二〇〇〇年八月，宁冈县与原井冈山市合并成立新的井冈山市，并重新组建了井冈山管理局。我成为宁冈县历史上最后一任县长。

咏杭州

潮涌钱江西子新①，

飞来灵鹫护云林②。

人间美景杭州盛，

山色湖光竞绮纷。

二〇〇一年二月十三日

于杭州

---

① 钱江西子：钱江即钱塘江；西子指西子湖。

② "飞来"句：飞来即飞来峰；灵鹫即灵鹫峰；云林即云林寺，又称灵隐寺。

登黄山二首

（一）

一山奇石半山松，

雪后琼枝更玲珑。

云起莲花峰下看，

翠屏寺畔现霓虹。

（二）

仰望仙岛半空立，

天路还需借云梯。

形胜黄山题不尽，

一峰更比一峰奇。

二〇〇一年二月十四日

于安徽黄山

58

黄山松

壁立千寻蕴异松，

云滋雾泽更峥嵘。

风摧霜染犹葱郁，

尽展虬枝探皓穹。

二〇〇一年二月十四日夜

于安徽黄山

夜游周庄

石阶小巷木檐房，

古镇双桥拱月光^①。

舟桨轻摇灯影幻，

笙歌频送晚茶香。

二〇〇一年六月五日夜
于周庄

【笺记】

　　江苏昆山的周庄镇，号称江南"第一水乡"。APEC（亚太经济合作组织）会议前，上海市市委党校中青班小组的同学相邀，夜游周庄。月色下的周庄，一派静谧与宁静，果然不负"第一水乡"的盛名。兴之所至，作诗以记之。

① 双桥：为周庄一景，因著名画家陈逸飞油画而闻名于世。

同窗情

依稀别梦廿年经，

把臂相看鬓尚青？

人世之交新与故，

最珍莫过一窗情。

二〇〇四年十月六日

【笺记】

为农大林学系一九八〇级同学毕业二十年聚会而作。

庐陵怀古

百世川原育风物，

千年窑火铸忠魂。

长谈短论庐陵事，

叙罢古人看今人。

二〇〇六年夏

【笺记】

二〇〇六年，吉安县庐陵文化广场和龙湖建成。为丰富其文化内涵，选取历代庐陵籍先贤、游历过庐陵的名人以及现当代庐陵才俊的诗词作品，请书法家书写并刻于龙湖的围栏之上。吉安县籍历史学家周銮书先生撰写了广场记，并由庐陵籍书法家尹承志先生书写，立于庐陵文化广场。时任中国书协主席张海先生、副主席王学仲先生为广场题名。本人作为广场和龙湖修建的主持者，应邀作此小诗以纪念，并由临川籍书法家吴德恒先生书写刻碑。

庐陵颂

——奉和昌斌先生①

庐陵处处是风光,

素裹江山雍容妆。

水碧天蓝万顷绿,

峰峦沃野泥土香。

村舍凭栏放眼处,

青砖黛瓦竹篱藏②。

---

① 昌斌:杨昌斌先生,吉安县永阳人。曾任江西财大教授、深圳市统计
局副局长。
② 青砖黛瓦:吉安传统建筑风格为青砖黛瓦马头墙。

炊烟夕阳还未落，

又见明月半山冈。

自古东昌有正气[1]，

无论寒暑头尤昂。

二〇〇七年
于吉安县

64

---

[1] 东昌：吉安县古称东昌县。

附：杨昌斌先生原诗

庐陵湿地也风光，

无需车马着农装。

小溪联袂百鸟鸣，

青松和着稻味香。

登高回首进山处，

民居仰望参天树。

坐骑贴近平房落，

再见小驹前轮趵。

不问壮士英雄气，

怎奈寒暑冷到底。

乡愁

清明河边李，

重阳阁上琴。

江南归旧燕，

岁岁报新音。

二〇〇八年三月四日
于北京大有庄中央党校

【笺记】
　　二〇〇八年三月至二〇〇九年一月，我任吉安市市委常委、吉安县县委书记期间，在中共党校第8期中青二班学习一年。

渝鄂行七首

（一）黑山谷[①]

裂谷深幽阻川黔[②]，

茂林锁雾淌流泉。

无风蝶舞起松浪，

蝉唱喧声不扰仙。

---

① 黑山谷：处于重庆綦江万盛开发区黑山镇境内。

② 阻川黔：黑山谷为重庆与贵州的分界线，在山谷最狭处的小溪上乘筏，可以一手摸重庆，一手摸贵州。重庆原属四川。

（二）仙女山①

夜宿山居闻玉铃，

疑为仙女弄琴声。

晓来霞起拱红日，

一枕松涛万壑风。

① 仙女山：位于重庆市武隆区境内。

（三）天坑三硚①

天塌地陷鼓三硚，

风去修装雨去雕。

莫道远山无胜景，

一山更比一山娇。

---

① 天坑三硚：位于重庆武隆区境内，为亚洲最大的天生桥群。

（四）芙蓉洞①

天生石洞曰芙蓉，

汩汩清泉润乳钟。

恰似瑶池仙境里，

不失神州第一宫。

① 芙蓉洞：位于重庆武隆区境内，号称"神州第一洞"，洞中钟乳石千
奇百怪，惟妙惟肖。

（五）长江三峡

万里长江万里诗，

巫山云雨起天池。

虽立石壁西江上①，

评功须待百年时。

---

① 石壁：指三峡大坝。毛泽东主席词《水调歌头·长江》有"更立西江
　石壁，截断巫山云雨"句。

（六）神农架

峰破云涛入太极，

神农觅草架天梯。

林深庇得猿猴盛，

留下野人千古谜[①]。

① 千古谜：神农架一直以来有野人的传说，中科院曾组织过大规模科
考，未有进一步发现。

（七）武当山

武当奇峻远名扬，

大岳雄磐俯汉江。

玉柱云高悬宝殿^①，

紫霄归后道留香^②。

二〇〇八年七月十三日

于武汉东湖

【笺记】

　　二〇〇八年在中央党校中青班第8期学习期间，暑期社会调查到重庆、湖北调研。

---

① 玉柱：指天柱峰，为武当山主峰，顶上建有金殿。
② 紫霄：指紫霄宫，坐落在天柱峰东北的展旗峰下，为全国重点文物保护单位。

浪淘沙·北戴河

时节又中秋。

白云悠悠。

携来挚友滨海游。

邀得明月共把酒,

一世何求?

千年往事浮。

沧海横流。

不裁昆仑不肯休①。

多少英雄碣石走,

青史谁留?

二〇〇八年中秋节

于北戴河

74

① 昆仑:见毛泽东主席《念奴娇·昆仑》。

时光，你慢些走

——谨以此诗告别中央党校中青二班
我亲爱的老师和同学

离别的日子越来越近，越来越近；

惆怅的情绪越酿越浓，越酿越浓；

无奈的心越收越紧，越收越紧。

一个四季的轮回，

一次生命的洗礼，

一段永久的情谊，

正化作一幅幅灰色的照片，

与我们渐行渐远，渐行渐远……

当南国的绿色正从百年未遇的冰冻中，

渐渐苏醒；

当漠北的飞沙还在与冰雪的交欢缠绵中，

正欲肆虐；

一群素昧平生的学人在党校的召唤下，

走到一起。

娇嫩的绿芽在春风的搀扶下爬上柳梢，

雍容的牡丹在春雨的浇灌下烂漫缤纷，

多情的榆叶梅伸展出串串花枝，

盛开的玉兰花，白的如玉，紫的似霞……

时光啊，你慢些走，慢些走，

这春的气息我们还没有闻够。

高大的乔木已擎起遮天的华盖，

映日的荷花正出污泥而未染，

弱小的蒲公英也在放飞青春的理想，

知了的奏鸣一声短，一声长……

时光啊，你慢些走，慢些走，

这夏的乐曲我们还没有听够。

高耸的银杏在湛蓝的天空中抹出一缕明黄，

黄栌在初霜中染得血红血红，

南归的大雁还未在白云边排出人字，

落叶已在秋风中翻滚飞扬……

时光啊，你慢些走，慢些走，

这秋的色彩我们还没有看够。

掠燕湖的冰面在清晨的薄雾中渐变渐厚，

六合亭的身影在失去浓荫的簇拥后越来越瘦，

老槐树向天空伸出遒劲的枯爪，

杨树上错落的鸟巢如五线谱上的音符……

时光啊，你慢些走，慢些走，

期待中纷飞的雪花还没有飘落。

离别的日子终于来到，

伤感的泪水在眼眶中忍了又忍，转了又转，

鼻子一酸还是成行成串……

别了，党校，我们的神圣殿堂；

别了，党校，我们的精神家园；

待来年，我们再聚首，

但愿收获的不仅是风中一缕缕飘逸的银发，

不仅是脸上一道道纵横的沧桑，

还有那神州大地满园的春色，

还有那百姓心中无字的丰碑。

到那时，我们再斟满醇香的美酒，

再煮开馥郁的酽茶，

共叙离别情……

二〇〇九年一月十六日离别党校时

无题

绿槐枝上落昏鸦，

上使传宣慢啜茶。

归到陋堂清不寐，

月钩初上紫薇花。

二〇〇九年四月一日
于吉安县

【笺记】

　　接待某指导组座谈后，学南宋周必大诗闲作。

如梦令·和李丹①

临水绿荷轻举。

枕边蝉蛙如语。

更喜夏至时，

佳讯频传无数。

休去。

休去。

遥看满天星舞。

二〇〇九年七月二十一日

① 李丹：中央机关到吉安挂职干部。

附：李丹原作

如梦令

嫩柳和风飘举。

桃李相依如语。

可惜春浓处，

平惹客愁无数。

归去。

归去。

忍对丹红飞舞。

长相思·离别

远山碧，

近水清。

犹得云影伴人行。

幽幽故里声。

男儿志，

女儿情。

何能情志两相成？

匆匆赴楚萍①。

二〇〇九年夏

【笺记】

二〇〇九年离开吉安赴萍乡就任时作。

83

---

① 楚萍：萍乡古称。

武功山览胜①

万顷芳茵举劲松②,

古坛香袅晚来风③。

云牵雾绕仙人境,

几度梦中游武功。

二〇〇九年十月十日

于武功山

【笺记】

　　到萍乡工作月余,为推动武功山开发,已三上武功山(八月二十九日、九月十八日、十月十日)。

① 武功山:江西境内一大名山,属罗霄山脉,地跨吉安、萍乡、宜春三市。
② 万顷芳茵:武功山以山顶十万亩高山草甸闻名于世。
③ 古坛:武功山金顶建有古祭坛,今尚存。

武功山帐篷节

青峰起罗帐，

篝火映红颜。

星野分三郡①，

笙歌动九天。

晓来轻漫雾，

日暮远苍山。

① 三郡：武功山地跨萍乡、吉安、宜春三市。

为恋瑶宫景，

游人岂肯还？

二〇〇九年十月十二日
于武功山

【笺记】
　　为首届武功山帐篷节而作。

茶吟

三月江南草色新，

春山酥雨起青云①。

闲来细品纤芽玉，

道是佳茗似佳人。

二〇一〇年四月十日

于萍乡为武功山新茶上市而作

---

① 青云：指茶林，春天的茶山一片翠绿，似碧云升腾。

采桑子·贺新春

瑞雪红梅妖娆竞，

岁岁迎春。

今又迎春。

万千气象一时新。

故友乡情分外重，

常系心魂。

又动心魂。

更上层楼家国欣。

二〇一一年春节

于永丰高塍老家

新茶赠友①

玉兰枝上正花酣，

梅影竹栅意半阑。

馈友却无珍妙物，

春情一片寄关山。

二〇一一年三月二十四日
吟于温州飞长沙航班上

---

① 新茶赠友：临近清明，南国已是草长莺飞，春意盎然，而青藏高原依
然是冰雪皑皑，寒风冽冽。每年新茶上市，我都要寄一点给在西藏、
青海工作的两位同学，聊表心意。

即兴答友

京府琼楼逢故友，

引杯把箸意何长。

抚州自古多才子，

汝水悠悠翰墨香。

二〇一二年一月十四日
于北京

【笺记】

二〇一二年一月十四日，北京抚州商会会长刘享龙先生宴请赴京参加乡友会的一行同仁。席间，享龙先生酒酣赋诗一首，众位多有唱和。余亦即席凑成一首唱和，以助酒兴。

荆公颂①

——为拟拍电视剧《王安石》作主题歌

抚州自古多俊杰，千古一相王荆公。天变不足畏，祖宗不足法，人言不足恤②。誓革历代沉疴，豪情胆气贯千秋，功过任评说。

汝水悠悠皆文章，天下才子临川强。辅国不惜命，为民不惜力，御悔不惜头。撑护飘摇江山，赤胆忠心美名扬，史册硕勋昭。

二〇一二年三月十一日

于抚州

---

① 荆公：王安石，字荆公，抚州临川人。

② 天变不足畏，祖宗不足法，人言不足恤："三不足"出自《宋史·王安石列传》。

答昌斌先生出行米兰

凤兮凰兮出行忙，

阳春三月入他邦。

纵然郁金美酒在，

岂有吾土菜根香。

二〇一二年三月十一日

于抚州

92

附：杨昌斌先生原诗

出行米兰

同行一凤凰两双，

蛇口渡登国泰航。

银燕腾飞已入云，

六个时辰天梦香。

中转荷兰在阿城，

米兰还要再出舱。

驱车直奔杭帮菜，

卡尔塔店落客忙①。

---

① 卡尔塔：意大利米兰酒店CALTA的音译。

采桑子·中秋

清晖渺漫江楼月，

岁岁中秋。

今又中秋。

长空归雁影悠悠。

秋水芦花拟岘台①，

书香常留。

清气常留。

不负临川才子州。

二〇一二年中秋节

于抚州临川

① 拟岘台：为抚州历史名楼，曾巩著有名篇《拟岘台记》。二〇一二年重建完工。

和马仲强熊秀秀夫妇①

澄澄京月白，

艳艳山栌香②。

路迢迢，

水茫茫，

纵有千般景，

他乡非故乡。

二〇一二年九月三十日

于抚州

95

附：马、熊原诗

悠悠赣江水，

滴滴润心田。

思悠悠，

情悠悠，

天上有明月，

万里寄思牵。

九龙湖①

清波潋滟九龙驰，

翠岫如屏竹影稀。

极目风光收不尽，

老松催我赋新诗。

二〇一二年十月五日
陪同曾页九先生考察九龙湖②

---

① 九龙湖：位于抚州资溪县。
② 曾页九：江西永新人，曾任江西省检察院检察长。

卜算子·贺新年

大地漾春光，

田园出新绿。

红红灯笼高挂起，

万民齐迎福。

家庆昨宵圆，

国梦今朝逐。

东方文明待复兴，

四海同和睦。

二〇一四年一月三十一日春节

于永丰高塍

雪后观竹有感

出土自有节，

凌云尚虚心。

芳馨似兰蕙，

高洁若青松。

二〇一四年二月十日时值新春
于资溪法水温泉

【笺记】

　　一场不期而遇的春雪飘然而至，滋润了久旱的大地，令人欣喜不已。陪同老首长考察资溪，宿资溪法水温泉宾馆。饭后小憩，登温泉宾馆后山，若有所悟而作。

采桑子·中秋回乡

几度愁绪家与国，

日思蹁跹。

夜梦蹁跹。

莫使江山起风烟。

人近故乡情最切，

亲也魂牵。

友也魂牵。

中秋对月更无眠。

二〇一四年中秋节

于永丰高塍

蝶恋花·清明

何事萦怀人憔悴？

归去踏春，

孤影林间对。

啼血杜鹃声声累。

青山满目为谁翠？

故人冢前忆旧岁。

浊酒一杯。

滴滴伤情泪，

尘梦如烟随风坠。

云升云落心何碎？

二〇一五年清明节
于永丰高塍

101

一斛珠·贺春

严寒已过。

岁月蹉跎云起落。

墙角梅花开几朵？

似见春光，

尽是东风破。

桃苑佳人犹笑否？

还将家酒对友酌。

满目新绿楼台锁。

但看人间，

骋怀江湖阔。

二〇一六年二月八日

于永丰高塍

即景抒怀

赣江三尺浪，

梅岭一峰青。

任凭狂风起，

虬枝犹吐馨。

二〇一六年九月二十九日

于洪城

踏莎行·过年

寒意渐阑，

春光初乍。

迎新灯笼高高挂。

小村袅袅笼炊烟，

家家把酒桑麻话。

烟花满天，

宵灯如画。

春晚欢声阵阵发。

共祈家国好运连，

四时美景遍华夏。

二〇一七年一月二十七日农历丁酉年除夕

于永丰高塍

卜算子·咏史

回首尽沧桑，

多难我华夏。

戊戌喋血两甲子①，

君子脊梁架。

今昔不同天，

昆仑势渐大②。

志应张满少轻狂，

国运恒昌达。

二〇一八年二月十六日农历戊戌年春节

于海南东方市地质家园

---

① 戊戌喋血：一八九八年戊戌变法失败，六君子罹难。
② 昆仑：中国。

观梅岭

近岭墨如黛，

远峰轻似烟。

酷寒渐已去，

春色几时还？

二〇二一年二月十一日农历除夕

于翡翠山庄

【笺记】

　　庚子鼠年，新冠疫情蔓延，世事维艰，辛丑牛年或可期待？

赠廷杰先生①

不辍笔耕十数载，

长歌短句尽佳篇。

一生修业唯勤勉，

道德文章追古贤。

二〇二二年一月三十日

于赣州返昌高铁上

---

① 廷杰先生：张廷杰，江西永丰人。曾任永丰县县委副书记、吉水县县
委书记、江西省林业厅副厅长。张廷杰先生将此诗作为其正式出版诗
集的代序。

【笺记】

二〇二二年虎年春节即将来临之际，本家前贤廷杰先生将数十年来工作和生活之余吟就的诗词作品结集出版，付印前送我一阅，让我有幸先睹为快。我认真拜读后，感慨万千，敬佩有加！口占短句一首相赠，以表达由衷的钦敬之意，并祝张老先生春节愉快！

忆抚州

抚河桥边柳，

临汝陌上烟①。

风霜催人老，

十载情牵牵。

花容妆晓露，

芳懿似初然。

① 临汝：为抚州别称，临水、汝水会流，成为抚河。

惟愿长相守，

岁常报静安。

二〇二二年一月三十一日农历牛年除夕

于洪城

【笺记】

在抚州工作近四年，离开抚州也已六年多了，合计十年有余，但抚州的山水人物依然梦绕魂牵。

观三度书院有感

——赠王明夫先生①

起舞白鹅升雾幛②，

林泉深处透书香。

青山妩媚终不老③，

三度为峰贡水长④。

二〇二三年三月十三日

于赣州会昌

---

① 王明夫：江西会昌人，金融学家、企业家、教育家，在京创办了和君商学院、和君咨询公司。事业有成后回家乡创办了三度书院、和君职业学院。

② 白鹅：书院位于会昌县白鹅乡。

③ 青山妩媚：出自辛弃疾《贺新郎·甚矣吾衰矣》："我见青山多妩媚，料青山见我应如是。"三度书院内建有妩媚台。

④ "三度"句：三度书院建有态度堂、气度堂、厚度堂，取"态度决定命运，气度决定格局，厚度决定高度"之意。贡水为赣江源头，章水、贡水合流成赣江，为江西的母亲河。书院建于贡水之滨，前有贡水流淌，后有高山为靠。此喻指三度书院为当地文化史上的一座高峰，并祝书院如滔滔流淌的贡水，源远流长，奔腾不息。

游紫鹊界①

长驱千里入云山②，

直上天阶云水间③。

紫鹊云深不知处，

半为凡士半为仙。

二〇二三年四月二十九日
于湖南娄底新化县

---

① 紫鹊界：处湖南娄底市新化县境内，以高山梯田闻名于世，为世界灌溉遗产。

② 长驱千里：从南昌至新化县近千里路程。

③ 天阶：指梯田。

汤里温泉有感^①
——赠周其亮先生^②

凝收九岭千峰翠^③，

始得云谷一汪泉。

人间佳境何从觅？

汤里更胜桃花源。

二〇二三年五月一日

于江西铜鼓汤里

---

① 汤里温泉：位于江西铜鼓县境内深山之中，现已开发成一处旅游休闲
胜地。

② 周其亮：湖南浏阳市人，斥巨资开发了汤里温泉。其兄为北京大学原
校长周其凤先生。

③ 九岭：汤里地处九岭山脉。

捣练子·月夜抒怀

少年心，

壮士怀。

霜华满鬓志未衰。

仰望长天一片月，

万重思绪漫楼台。

二〇二三年五月十日

于洪城翡翠山庄

寓居闲读

蔷薇烁烁满藩篱，

梅子初黄墙院西。

闲坐小庭读古句，

不觉春暮夏临期^①。

二〇二三年五月十一日

于洪城翡翠山庄

---

① 春暮夏临期：春天已渐渐地过去，夏天则不期而至。

获勋章感言①

皓首苦研未穷经，

不求腾达只为民。

耕耘何吝三牛劲②，

嘉勉勋章可慰魂？

二〇二三年五月十一日

于洪城

---

① 勋章：本月获颁江西省委、省政府三等功荣誉勋章。按有关规定连续三年获评省委省政府优秀公务员可记三等功。工作以来，获嘉奖表彰不少，被授予勋章还是第一次。

② 三牛：习近平总书记倡导要做"三牛"精神干部——为民服务的孺子牛、创新发展的拓荒牛、艰苦奋斗的老黄牛。二〇二二年江西省委、省政府首次在省管干部中开展"三牛"干部评选，共选出"三牛"干部十九名，进行了隆重表彰并给予一定待遇，本人荣幸入选。

受聘兼职教授博士生导师有感

难辞师长盛邀情，

重返学园掌慧灯。

纵有真心报母校，

恐无才识哺后生。

二〇二三年五月十八日

于江西农大

清平乐·初夏寻春踪

春归何处？

莲朵开无数。

蝶舞蜂飞春去处。

谁在与春同住？

春风化雨无踪。

催发满园葱茏。

更有梅红点点①，

羞待摇曳薇风。

二〇二三年六月一日

于洪城翡翠山庄

① 梅红点点：初夏杨梅成熟，绿树丛中如着点点红雨，似国画之中的朱砂濡染。

艺林堂赞①

——赠余寅先生②

精研细琢艺无涯，

博采众长林苑花。

不要人夸堂器好，

瓷都粉彩第一家。

二〇二三年六月二日

于景德镇

---

① 艺林堂：景德镇瓷器作坊和商家，以手工制瓷为主，尤以粉彩见长。
② 余寅：景德镇人，艺林堂堂主。承祖传制瓷技艺，并发扬光大。长年
潜心于陶瓷文化和技艺的研究，为年轻一代景德镇制瓷人的代表。

诚德轩赞①

——赠苏元阳先生②

造物行商诚为本，

修身传艺德居先。

器不苦窳轩之魄③，

清气长留满世间。

二〇二三年六月四日

于景德镇

---

① 诚德轩：景德镇陶瓷品牌，以手工制瓷为主，追求瓷器品质。
② 苏元阳：江西萍乡人，早年于景德镇求学，分配于景工作后辞职下
　海，创办诚德轩瓷号，长期致力于陶瓷技艺的传承创新和陶瓷文化的
　弘扬传播。
③ 器不苦窳：刘向《新序》称，舜陶于河滨，河滨之陶者器不苦窳。意
　思是舜在黄河岸边制作陶器，那里的陶器就完全没有瑕疵了。苦窳，
　即粗劣的意思。

暴雨中畅游赣江

雷鸣滚滚鹭鸥暗，

黛墨浓云城上临。

我自闲庭游信步，

任他骤雨打江浔。

纷纭世事难由己，

涨落潮头岂在心。

搏浪经年应不愧，

书斋归去慢调琴。

二〇二三年六月八日
于洪城赣水边

端午感怀

雨泣云沉复端阳，

犹闻屈子唱汨江。

假如河海再翻浪，

谁人许身赴国殇？

二〇二三年六月二十二日端午节

返乡途中口占

谒成吉思汗陵

万木森森拥汗陵，

白室八顶殿前陈^①。

敖包旌旆风猎猎^②，

可招当年壮士魂？

一代天骄欧亚骋^③，

铁骑踏血振威名。

---

① "白室"句：成吉思汗陵由形似铁帽的中殿和左右两殿组成。其中陈列八个白室（白色的蒙古包），白室中收藏有成吉思汗和妃子用过的弓箭、马鞍及衣物用品等。由护陵人日夜守护，外人不得靠近。

② 敖包旌旆：敖包是草原上用石头垒起的小山包，主要用于辨别方向、指引道路，也用于祭祀。敖包上常挂着彩色的旌旗和哈达。

③ "一代"句：成吉思汗统一蒙古草原后，仍征战不止，成为欧亚大陆的一代雄主。

但留叱咤贯虹气，

护佑河山壮后人。

二〇二三年七月五日

于内蒙古鄂尔多斯

呼伦贝尔大草原

逶迤碧草倚长天，

小河蜿蜒出莽川。

羊似珍珠云似絮，

山辽地阔自怡然。

二〇二三年七月七日

于内蒙古呼伦贝尔

卜算子·畅游罗湾水库后感①

青山画屏新，

峰外闲云现。

雨后层林染夕阳，

湖上金波远。

长安三万里②，

赤子心一片。

---

① 罗湾水库：位于宜春市靖安县境内，距南昌约1小时车程。水库水面宽
阔，水质清澈，周围群山环抱，风景如画。距水库10公里，建有欧源
小镇，海拔800余米，为夏季避暑康养胜地。
② 长安三万里：是时正热播反映唐代诗坛盛况的电影《长安三万里》。

夜来多梦易伤魂，

且把山乡恋。

二〇二三年七月二十二日

于靖安欧源小镇

乡情

拳拳赤子心，

悠悠故乡情。

图报无遗力，

惟祈常太平。

二〇二三年九月二十二日
于永丰县县委党校

【笺记】

　　应邀为永丰县县委理论学习中心组县级及科级以上干部作《当前经济形势和县域经济发展》报告，以此短句作为报告的结束语。

历史·人生

——读胡文辉先生《历史的垃圾时间，文化的悠长假期》有感

历史悠悠有垃圾，

人生苦短无假期。

书斋抚琴终难乐，

岂作神州袖手儿①？

二〇二三年九月二十三日

于洪城翡翠山庄

① 儿：此处读古音ní。

咏秋四首

（一）秋思

江水初凉秋风起，

北方鸿雁传归音。

鸿雁莫畏千山远，

毕竟南国可栖身。

（二）秋情

秋夜凭栏望楚津，

清波渺渺月华新。

我今有意托明月，

一片秋情寄故人。

（三）秋悟

枫叶初黄秋已觉，

临高赏景或嫌迟。

秋风且慢催红叶，

叶红便是叶落时。

（四）秋感

秋日逸怀故山行，

梧桐叶落露华清。

一生总为功名累，

只为功名枉一生。

二〇二三年秋恰逢中秋连国庆

于洪城翡翠山庄

赠信根先生①

好文好诗好性情，

真人真品真功夫。

不经一生风霜苦，

哪得梅香透骨出。

二〇二三年十月七日
品读信根兄赠诗后作

---

① 信根：吴信根，江西宜黄县人。曾任抚州市金溪县县长、县委书记，东乡县县委书记，江西省水利厅纪检组长，江西省委宣传部纪检组长，江西出版集团总经理、董事长。

附：吴信根先生原诗

（一）品和平先生《行吟集》感怀

从来卓越皆有象，

坐赋行咏已非常。

俭学勤工显英俊，

为官作吏成栋梁。

红叶落时思小杜，

寒梅开处念獾郎。

赣江浴罢身心泰，

本色依然酒一觞。

（二）信根复赠诗

为官为文皆有情，

仰天无愧士大夫。

报国为民不辞苦，

先生风范庐陵出。

咏桂

江草萋萋雁声远，

老枝芳冽月光泉。

艳花只逐春风暖，

香桂不辞寒露天。

二〇二三年十月十六日

于洪城翡翠山庄

137

再登武功山

一别武功十余春，

再登不见旧时云。

山崖回望崎岖路，

常在相随有几人？

二〇二三年十月二十一日

于武功山金顶

【笺记】

二〇一一年八月离开萍乡赴抚州就任后，就没有再登临
武功山了。十年风云变幻，感慨良多。

咏菊

后园昨夜西风狂,

着遍蓬头黄白妆。

高洁远超尘俗骨,

寒霜相逼犹吐芳。

二〇二三年十月二十七日

于洪城翡翠山庄

夜临厦门海滩

秋白天清鹭岛行，

潮平澜阔晚风轻。

我依海峡望明月，

隔岸思乡应有人①。

二〇二三年十月三十一日
于厦门国家会计学院

【笺记】

　　二〇二三年十月三十一日至十一月三日，在厦门国家会计学院举办全省人大财经预算干部培训班，为学员授课《当前宏观经济形势与江西经济》。天晚步行至海边，隔海望台湾之金门，睹景生情，口占小诗记之。

① "隔岸"句：见余光中《乡愁》："乡愁是一湾浅浅的海峡，我在这头，大陆在那头。"

叹流年

一生征旅太匆匆，

功业何尝济世穷。

纵使行吟千万里，

终难得句对欧公①。

二〇二三年十一月二十日
于洪城翡翠山庄

---

① 欧公：欧阳修，江西永丰人，北宋著名政治家、史学家、文学家，一代文宗。在其故里永丰沙溪镇，仍存欧阳修父母墓葬和西阳宫、泷冈阡表碑等遗迹，在永丰县城建有欧阳修纪念馆。其思想和文风，仍在深深影响庐陵后人。

参谒西南联大旧址二首

（一）

倭寇横行国蒙难，

学园迫徙向南方。

野郊茅舍续薪火，

文弱书生挽覆亡。

（二）

才识成就科学果①，

碧血开出自由花②。

苦难山河终有幸，

栋梁时挺佑中华。

二〇二三年十二月四日
于云南昆明

---

① "才识"句：当时西南联大云集了周培源、吴有训、陈省身、华罗庚等一批自然科学精英和闻一多、陈寅恪、胡适、朱自清等一批人文科学大师，培养出了杨振宁、李政道二位诺奖得主和邓稼先等"两弹一星"元勋。

② "碧血"句：昆明一时成为民主的堡垒，一九四五年爆发了"一二·一"运动，多名学生牺牲，民主人士李公朴、闻一多先生也先后被特务暗杀。

【笺记】

一九三一年九月十八日，日本发动侵华战争，至一九三七年七月七日卢沟桥事变，抗日战争全面爆发，北京大学、清华大学、南开大学被迫南迁，先落长沙，再徙昆明，组建国立西南联合大学。一批学术大师和青年学子云集昆明郊外，在简易的茅屋里教学、生活。这里培养出了一大批彪炳史册的优秀人才，且有千余学子弃笔从戎，投身抗日战场。西南联大为中国人民的解放事业和新中国建设作出了重要贡献，成为中国教育史上和中华文明史上的一个奇迹。

祈雪

岁寒无雪莫期春，

作赋咏梅何有神？

试借天公一片雪，

会同梅朵唤佳人。

二〇二三年十二月十五日

于洪城

雪中游赣江

三冬待雪无踪影，

四九雪飞满郡城①。

我自骋怀江上笑，

不辞常在玉宫行。

二〇二四年一月二十二日

于赣江边

【笺记】

　　是日，南昌城大雪纷飞，多年未遇。与九龙冬泳俱乐部泳友雪中畅游赣江，痛快淋漓。

① 四九："数九寒冬"的第四个九天。

踏雪寻梅

腊末洪城瑞雪飘，

琼枝百态竞妖娆。

欲吟窗外少颜色，

有雪无梅空寂寥。

旷野皑皑山路峭，

寒烟玉树掩溪桥。

寻梅踏雪无芳讯，

犬迹两行痕未消。

二〇二四年一月二十二日

于洪城翡翠山庄

采桑子·乡村过年

瑞雪红梅争烂漫，

踏破风霜。

又见春光。

江山万里换新装。

爆竹声声辞旧岁，

陌野芬芳。

夕烟轻扬。

家家煮酒话吉祥。

二〇二四年二月九日农历癸卯年除夕

于永丰高塍

步庆霖先生原韵奉和

不畏人生难万重，

长歌当酒亦临风。

贯持诚赤对天下，

常秉心灯照碧空。

二〇二四年三月三日甲辰新春

于南昌

【笺记】

　　二〇二四年三月一日至三日，中华诗词学会副会长刘庆霖先生莅临南昌参加江西诗派研讨会，有机会与庆霖先生面晤，相谈甚欢，受教良多。庆霖先生以诗相赠，余步其原韵奉和。

附：刘庆霖先生原诗

与张和平先生共勉

莫谓人间路万重，

一壶浊酒笑临风。

手提明月行天下，

怀抱诗灯挂夜空。

题卧龙湖春日小景

柳绿婆娑鱼跃池，

桃花新绽二三枝。

青山隐隐晴芳日，

正是踏青赏艳时。

二〇二四年三月二十一日
于省行政中心

【笺记】

  在省行政中心大院东侧，筑有卧龙湖，因湖水清冽，形似卧龙而得名。环湖花红柳绿，亭阁依依；湖中野禽掠岸，锦鲤欢跃。卧龙湖与周边山体浑然一体，清幽宁静，是闲游休憩的好去处。

寄小石源主人

春意阑珊满院芳，

隔空犹透几丝香。

山乡未到人先醉，

久慕石源诗笔囊。

二〇二四年三月二十四日
于洪城

【笺记】

　　李汝启先生，号小石源主人，江西萍乡人，中华诗词学会理事，科班行医，救死扶伤，积德无数，且擅诗词，工书法，造诣深厚，诲人不倦。先生在萍乡市上栗县城郊杨岐山下辟地建府，筑篱成院，栽花植蔬，养禽饲鱼，其乐融融。先生多次诚邀造访，并发来小院的照片和视频。但见满院桃花盛开，烂漫缤纷，美不胜收。特作小诗以寄，以谢盛情。

观纪录片《河西走廊》有感

雁门关外几重沙？

大漠孤烟送落霞。

枯木萧萧烽火路，

旌旗猎猎督军衙。

湘江夜话千秋业①，

有幸英雄托故家。

---

① 湘江夜话：道光二十九年十一月二十一日（一八五〇年一月三日），六十五岁的林则徐和三十八岁的左宗棠在湘江边进行的一次会晤。二人此前素未谋面，且当时地位悬殊，年齿有别，却像神交已久的知己，彻夜长谈。林则徐将其被贬新疆时收集的新疆人文地理、固边方略等资料托付给左宗棠，希望左宗棠能继承他的事业。后来，左宗棠果然成为封疆大吏。这批资料在左宗棠收复新疆、巩固边防的事业中发挥了重要作用。

今日一腔寒士血，

何辞仗剑走天涯。

二〇二四年三月三十日夜

于翡翠山庄

洪城春夜逢雨

江南春色正妍俏，

晚起雷声惊宿鸟。

一夜狂风骤雨来，

满城花落知多少？

二〇二四年三月三十一日晨

于翡翠山庄

雨中访鹅湖书院

鹅湖春暮雨如烟，

新绿空蒙掩旧椽。

山寺聚贤天下闻，

何曾明理见机玄？

二〇二四年四月十五日

于铅山鹅湖书院

【笺记】

　　鹅湖书院位于上饶市铅山县鹅湖山之麓，因"鹅湖之会"而闻名于世，号称"天下四大书院"之一。南宋淳熙二年（一一七五年），理学大师朱熹与心学之魁陆九渊、陆九龄兄弟应浙东学派吕祖谦之邀，在鹅湖寺展开了著名的"鹅湖之辩"，开学术辩论之先河，史称"鹅湖之会"；淳熙十五年（一一八八年），贬居铅山的著名爱国词人辛弃疾与思想家陈亮会于鹅湖寺，商复国大计，史称"鹅湖之晤"，也称"第二次鹅湖之会"。嘉定元年（一二〇八年）前后，朱熹门徒徐子融在鹅湖寺旁搭建茅屋，聚徒讲学，后人在此基础上逐步建成鹅湖书院。

夜临揽翠亭

风来翠色翻为浪，

雨去青山洗作屏。

汝水悠悠流不尽，

弦歌亭外为谁鸣?

二○二四年四月十六日
于抚州汝水森林公园

【笺记】

　　在抚州市城区汝水之滨，建有汝水森林公园。园内林木葱茏，湖水荡漾，环境清幽，亭台耸立。揽翠亭位于公园东南侧。我在抚州工作期间，闲暇之余常于公园散步，亭中休憩。此次到抚州调研，宿于汝水森林宾馆，再临亭下，不禁百感交集。借用亭上两句楹联并口占两句，合成七绝一首以记。

158

读《苏轼传》后感①

细读苏公传，

掩卷长叹息。

跌宕吟啸行，

悲怆亦淋漓。

俊彦眉山出，

一鸣动京畿。

朝野皆瞩目，

春风马蹄疾。

---

① 《苏轼传》：王水照、崔铭著，人民文学出版社，二〇一九年五月出版。

学富过五年，

才品云峰齐。

恤民德泽厚，

行事泰山移。

本应为国柱，

却常骨肉离。

北宋势虽弱，

文章千年基。

满朝多优士，

频遭外族欺。

党争误国事，

忠良屡贬栖。

治邦无恒律，

布政有遵依。

猛药不常用，

积累靠点滴。

子瞻真君子，

挚诚终如一。

坦荡赴岭海①，

烟雨一蓑衣。

---

① 岭海：苏东坡被贬至岭南的惠州和海南的儋州。

平生功与名，

岂止三州迹①。

四海恸学士，

风流万世遗。

二〇二四年四月二十三日

于洪城荷竹斋

① 三州迹：苏东坡有《自题金山画像》诗："心似已灰之木，身如不系之舟。问汝平生功业，黄州惠州儋州。"

荷竹吟

翠盖亭亭不染尘，

筠风高逸寄青云。

竹荷荟苴闲庭院，

自有芬芳润妙文。

二〇二四年春

于洪城翡翠山庄

附：荷竹斋记

　　吾庐处豫章城西翡翠山庄也。是庄距梅岭数里，环境幽雅，怡然自得。其南者，学府大道也，东、西、北侧乌沙河湿地公园环绕也，有交通之便利，无闹市之哗喧。斯地约三百亩，房舍百十幢，其地平缓而略起伏，峦山自有幽胜。庄内户各有院，广者二三亩，局者数百平，户牖相错，交映成趣。环顾其内，香樟成荫，嘉树成行。晨起鸟鸣啾啾，夜临月辉朗朗；春来百花争艳，秋至硕果盈枝，实乃大隐怡情养志之地也。

　　吾院卜居山庄中央，更无周遭纷扰，广五百余平，辟地成畦，树果植蔬，既可体劳作之辛，复得收获之悦，且植枣、柿、橘、柚、荷、竹十余种。吾凤慕荷之芬芳而高洁，竹之挺拔而虚心，取濂溪先生《爱莲说》及吾作《雪后观竹有感》各一句，改成联曰：出淖而不染，凌云尚虚心。且名陋室曰"荷竹斋"。以为然耶？是为然也。

庐陵后学张和平谨记

答德恒先生①

（一）

歌赋诗词未入行，

先生褒誉愧难当。

墨文相赠胜珠玉，

情意堪如赣水长。

---

① 德恒先生：吴德恒，抚州临川人，为临川籍文化名人，诗书俱佳，德
艺双馨。

（二）

一介书生行且吟，

意诚本色实为真。

纵怀报国满腔志，

德业何曾济庶民。

二〇二三年冬
于洪城

附：吴德恒先生诗文

品张和平先生《行吟集》

（一）

读罢《行吟》感慨深，

喷珠溅玉吐豪情。

匡时济世平生愿，

一泓清流传至今。

（二）

立德立功亦立言，

一卷《行吟》涵大千。

吟出书生真本色，

风流原不愧前贤。

（三）

读君文字见君心，

一卷《行吟》阅古今。

东坡怀抱屈子骨，

始信人间有至情。

一点感想

认识张和平先生，是从品读他的《行吟集》开始的。

他当过我们市的主要领导，算是父母官。原先他对于我，只是一个遥远的官的概念，像一道虹影，像天边的云朵，像飘飞的叶片，没有在心头留下什么深刻的印痕。

然而，从《行吟集》中，我看到一个活脱脱的文士，一位品学兼优的书生，一位亲民爱民的官员。为政体恤下情，关心民瘼。而其诗文，超尘绝俗，气度不凡，风姿绰约，潇潇洒洒地朝我走来。他一路行吟，一路放歌。在他行经的原野、山川，处处长满了奇异花朵。

品读《行吟集》，如聆仙乐，如品佳茗。如入山阴道中，移步换形，应接不暇，但见野花生树，清泉弄琴，使人耳目一新。没有官气、俗气、迂腐气，有的只是清气、骨气、乡土气。品读这样的诗词文章，犹如进入一个清风习习的民俗园林，古朴而纯真，简洁而温馨，掩卷沉思，如在梦境。

《行吟集》是一本好书。好就好在它如清水芙蓉，不事雕琢，好就好在它字字天然，句句真心，将作者特有的高远情怀和阔达胸襟，化作一行行一页页的珠玑文字，给后人激励和启迪。

后　记

　　《行吟集》即将付梓出版了。无论美也好丑也好，一个孕育了四十年的孩子终于要面世了，算是圆了我一桩多年的心愿，心中不免几分欣喜。如果能够引起一些共鸣或是给人们一些启迪，那我就喜出望外了。

　　而此时此刻，我心中更多的是充满感激。感谢伟大的祖国和这个伟大的时代，让我们有和平的家园和激荡的岁月；感谢父母和黎民百姓，生我养我，抚育成人；感谢组织的培养和造就，让我们有一方施展的舞台，有机会贡献一点微薄之力。还要特别感谢：中国科学院院士，北京大学原校长，著名化学家、教育家周其凤先生亲自题写书名，让我倍感荣幸；江西省原省委常委、副省长朱虹先生认真审阅全稿，提出重要修改意见并亲自作序给予鼓励；中华诗词学会副会长刘庆霖先生，中华诗词学会副会长张存寿先生，中华诗词学会顾问、原副会长胡迎建先生，临川籍文化名人吴德恒先生分别题诗勉励；北京大学国文研究中心原主任、南昌大学人文学院柳春蕊教授，中华诗词学会理事李汝启先生，江西省诗词学会原会长王飚先生，江西省诗词学会会长何建洋先

170

生，江西出版集团原董事长吴信根先生，南昌大学人文学院龙文武教授，江西科技师范大学文学院郑祥琥讲师都给予了指导并提出很好的修改意见；我的家人和办公室同事给予了很多支持和帮助；还有众多应该感谢的老师、同学、同事、朋友……让我深深地鞠躬表达由衷的谢意和敬意！

由于时间跨度较长，诗集中一些唱和之作所附的原诗文作者，有的已辞世，有的没有联系方式，未能一一征求意见。如有失妥失敬之处，还请海涵。

庐陵后学张和平

二〇二四年四月二十三日

于永丰高塍书屋